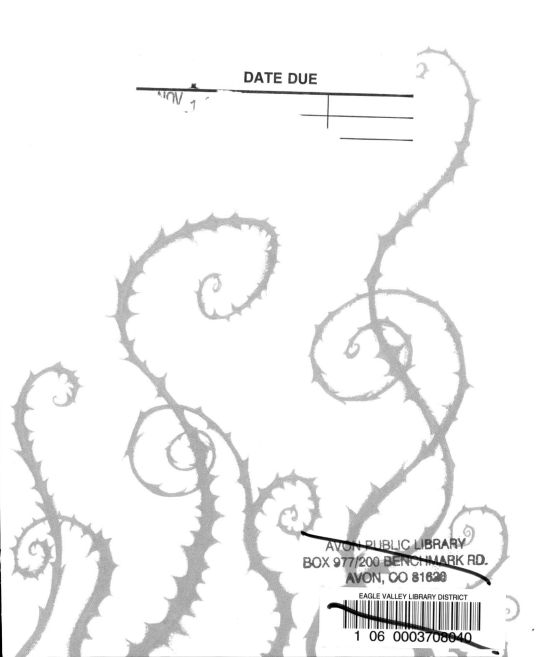

La Bella Durmiente

SOPA DE CUENTOS

© De las ilustraciones: Ana Juan, 2003
© De la traducción: M.ª Antonia Seijo Castroviejo
© De esta edición: Grupo Anaya, S.A., 2003
Juan Ignacio Luca de Tena, 15. 28027 Madrid

Primera edición, mayo 2003

ISBN: 84-667-2554-7
Depósito legal: M. 18.990/2003

Impreso en Estudios Gráficos Europeos, S.A.
Polígono Industrial Nelsa Sur
Avda. Andalucía, km 10,300
28021 Madrid
Impreso en España - Printed in Spain

Jacob y Wilhelm Grimm

La Bella Durmiente

Ilustraciones de Ana Juan

Hace mucho tiempo había un rey
y una reina que exclamaban todos
los días:

—¡Ay, si tuviéramos un hijo!
—y no conseguían tener nunca uno.

Entonces sucedió que, estando
la reina una vez en el baño, saltó
un sapo del agua al suelo y le dijo:

—Tu deseo será cumplido. Antes
de que pase un año traerás un hijo
al mundo.

Lo que el sapo había dicho se cumplió, y la reina dio a luz una niña tan hermosa, que el rey no cabía en sí de gozo y organizó una gran fiesta. No solo invitó a sus parientes, amigos y conocidos, sino también a las hadas para que le fueran propicias y le mostraran su afecto. En su reino eran trece, pero, como solamente tenían doce platos de oro para que comieran ellas, tuvieron que dejar a una en casa. La fiesta se organizó con todo lujo y, cuando estaba llegando al final, las hadas obsequiaron a la niña con sus dones maravillosos. La una, con virtud, la otra, con belleza, la tercera, con riquezas, y, así, con todo lo que se pueda desear en este mundo.

Cuando once habían expresado ya sus deseos, entró de pronto la decimotercera y, como quería vengarse de no haber sido invitada, sin saludar ni mirar a nadie, dijo en voz alta:

—¡La hija del rey se pinchará a los quince años con un huso y morirá!

Y sin decir ni una palabra más, se dio la vuelta y abandonó la sala.

Todos se habían asustado, cuando en esto se adelantó la duodécima, que todavía no había pronunciado su gracia. Y como no podía anular la mala profecía, sino solamente aminorarla, dijo:

—No será una muerte, sino un profundo sueño de cien años en el que caerá la hija del rey.

El rey, que quería preservar a su hija querida de la desgracia, dio la orden de que fueran quemados todos los husos del reino.

En la joven se cumplieron todos los dones de las hadas, pues era bella, discreta, cordial y comprensiva, de tal manera que todo el mundo que la veía la quería. Sucedió que en el día en el que cumplía precisamente quince años, los reyes no estaban en casa y la muchacha se quedó sola en palacio. Entonces escudriñó todos los rincones, miró todas las habitaciones y cámaras que quiso y llegó finalmente a una vieja torre.

Subió la estrecha escalera de caracol
y llegó ante una pequeña puerta. En
la cerradura había una llave oxidada
y, cuando le dio la vuelta, la puerta
se abrió y en el pequeño cuartito estaba
sentada una vieja con un huso que
hilaba hacendosamente su lino.

—Buenos días, anciana abuelita
—dijo la hija del rey—. ¿Qué haces?

—Estoy hilando —contestó la vieja
meneando la cabeza.

—¿Qué cosa tan graciosa es eso
que salta tan alegremente? —dijo
la muchacha, agarrando el huso
y queriendo también hilar.

Apenas hubo tocado el huso, se cumplió el conjuro y se pinchó con él en el dedo. En el preciso momento en que sintió el pinchazo, cayó sobre la cama que allí había y se sumió en un profundo sueño. Y el sueño se enseñoreó de todo el palacio; el rey y la reina, que acababan de llegar y habían entrado en el salón real, empezaron a dormir, y toda la corte con ellos; se durmieron también los caballos en el establo, los perros en el patio, las palomas en el tejado, las moscas en la pared, e incluso el fuego que chisporroteaba en el fogón se calló y se durmió; y el asado dejó de asarse, y el cocinero, que quería tirarle de los pelos al pinche porque había tenido un descuido, lo dejó y se durmió. El viento se calmó y en los árboles delante del palacio no se movió una hoja más.

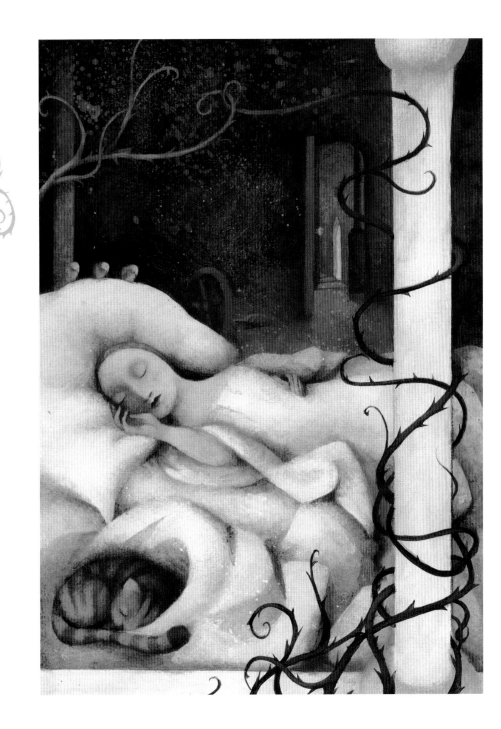

Alrededor del palacio comenzó
a crecer un gran seto de espinos que
cada día se hacía más grande, y
finalmente cubrió todo el palacio
y creció por encima de él, de tal manera
que no se podía ver nada de él, ni siquiera
la bandera del tejado. Por el país corrió
la leyenda de la Bella Durmiente del
Bosque, que así llamaban a la hija del rey,
de tal manera que, de tiempo en tiempo,
llegaban hijos de reyes y querían penetrar
en el castillo a través del seto. Pero no era
posible, pues las espinas los sujetaban,
como si tuvieran manos, y los jóvenes
se quedaban allí, prendidos, no se
podían librar y morían de una muerte
atroz.

Pasados muchos años llegó un príncipe al país y oyó cómo un anciano hablaba del seto de espinas y decía que detrás debía de haber un palacio en el cual la maravillosa hija del rey, llamada la Bella Durmiente, dormía desde hacía cien años; y con ella dormían también el rey y la reina y toda la corte. Él sabía también, por su abuelo, que habían venido muchos hijos de reyes y habían intentado atravesar el seto de espinas, pero que se habían quedado allí, prendidos, y habían tenido un triste final. A esto dijo el joven:

—No tengo miedo; yo quiero entrar y ver a la Bella Durmiente.

El buen anciano le quiso hacer desistir de su empeño, pero él no hizo caso alguno de sus palabras.

Habían transcurrido ya los cien años, y había llegado el día en el que la Bella Durmiente tenía que despertar. Cuando el hijo del rey se aproximó al seto de espinas no había más que grandes y hermosas flores, que se hacían a un lado por sí mismas y le dejaban pasar indemne. Cuando hubo pasado, se volvieron a transformar en seto. En el patio de palacio, vio los caballos y los perros de caza tumbados durmiendo; en el tejado estaban las palomas, que habían escondido la cabecita bajo el ala. Y cuando llegó a la casa, las moscas dormían en la pared; el cocinero, en la cocina, tenía todavía la mano como si quisiera agarrar al pinche, y la sirvienta estaba sentada ante el gallo negro que tenía que desplumar.

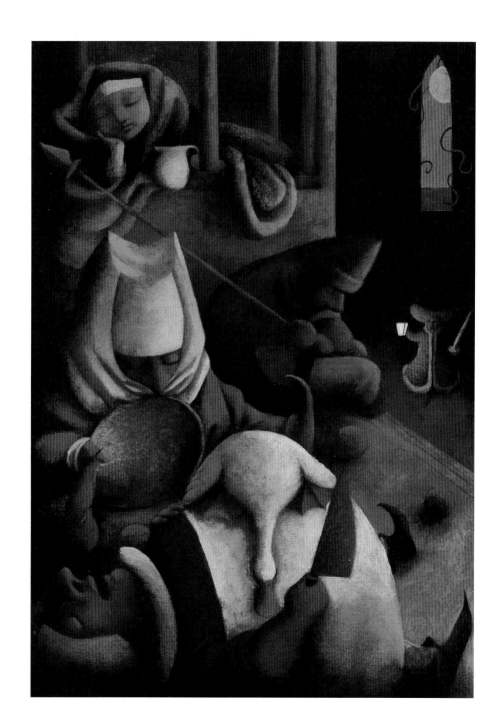

Siguió adelante, y vio en el salón
a toda la corte tumbada y durmiendo,
y en el trono estaban durmiendo el rey y
la reina. Siguió avanzando, y todo estaba
tan silencioso, que podía oír su propia
respiración; finalmente, llegó a la torre
y abrió la puerta del pequeño cuarto
en el que dormía la Bella Durmiente.

Allí yacía ella, y era tan hermosa,
que no pudo apartar la mirada, se inclinó
y le dio un beso. Cuando la rozó con el
beso, la Bella Durmiente abrió los ojos,
se despertó y le miró dulcemente. Luego,
descendieron juntos, y el rey se despertó,
y la reina, y toda la corte, y se miraban
unos a otros con ojos atónitos.

Y los caballos se levantaron en el patio, los perros de caza saltaron meneando el rabo, las palomas, en el tejado, sacaron la cabeza de debajo del ala, miraron a su alrededor y volaron en dirección al campo; las moscas siguieron arrastrándose en la pared; el fuego, en la cocina, se enderezó y llameó e hizo la comida; el asado comenzó de nuevo a asarse, y el cocinero le dio al pinche una bofetada que le hizo gritar, y la sirvienta desplumó el gallo. Y se celebró la lujosa boda del hijo del rey con la Bella Durmiente, y vivieron felices hasta el fin de sus días.